I Love You Just the Way You Are

TAMMI SALZANO
ADA GREY

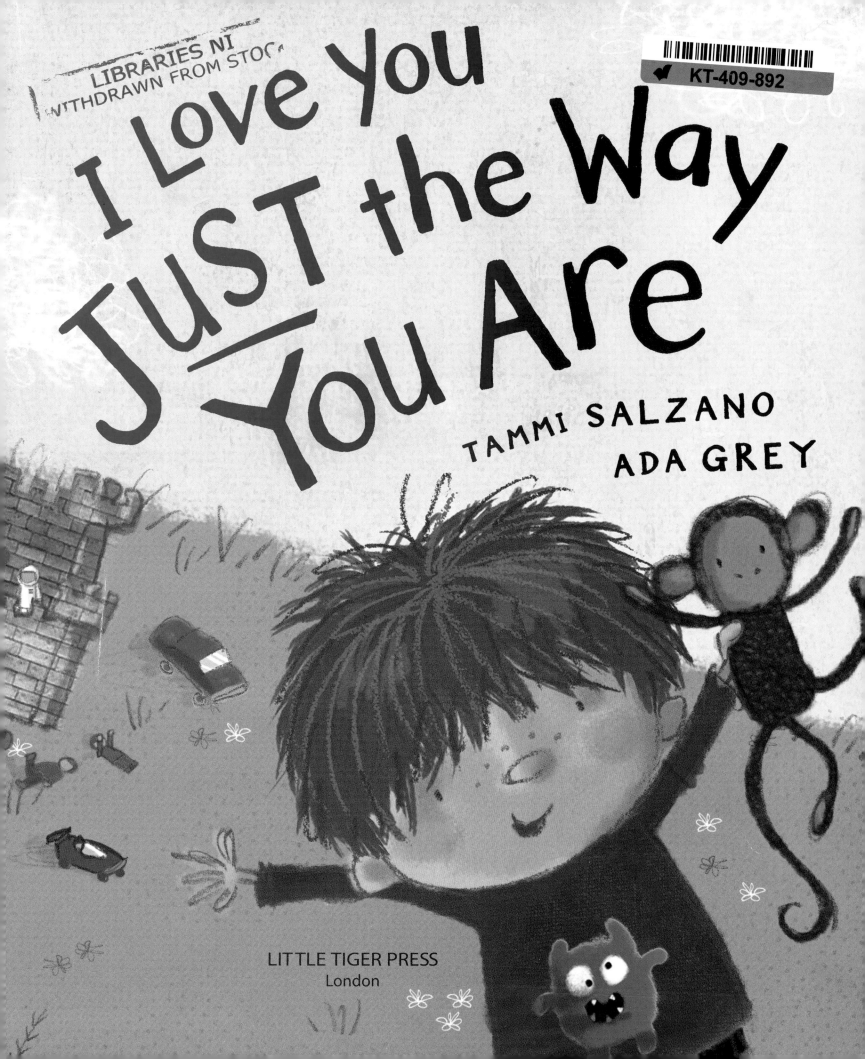

LITTLE TIGER PRESS
London

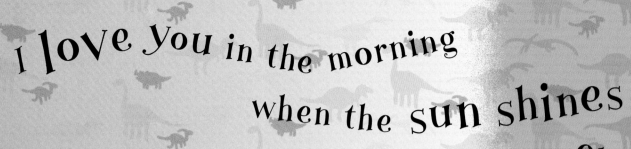

I love you in the morning
when the sun shines
on the day,

With **silly hair** that's **sticking up** each and **every** way.

I love you when you're playing –

b l o w i n g bubbles

in the sun,

Climbing **high**

and **sliding** down, having **so** much **fun!**

I love you when you're messy -
sticky fingers, face and hair,

With papers
scattered
all around and paint
splashed
everywhere!

I love you when

we're quiet, sharing books and puzzles too.

I treasure every moment of this special time with you.

I love you when you dress up

and pretend to be a king,

Or a superhero-pirate-dog

who **loves** to
dance and **sing**.

I
love
you
when
it's
bath
time,

squeaky-clean and smelling sweet,
Giggling as I scrub your ears,
tummy, hands and feet.

I love you
when it's
bedtime
and
you

bounce into
your bed.

I hold you close to say goodnight

and kiss you on the head.

I love your dimples, freckles, **all** the **funny** things you **say.**

I love you just the way YOU are, and more and more each day!